最棒的生日蛋糕

飆飆先生/文・圖

U0026068

東販出版

今天是狗狗生日！
動物們正聚在一起為狗狗的生日派對做準備。
老虎說：「我們來做一個大～蛋糕送給狗狗吧！」

5

盛大的派對當然少不了生日蛋糕！
「不過蛋糕要什麼口味呢？」猴子疑惑的問。
動物們突然想到，應該事先問狗狗喜歡什麼口味才對。

7

老虎說：「我覺得生日派對最適合吃火腿蛋糕了，
多氣派啊！狗狗那麼愛吃火腿，一定會驚訝得說不出話來！」

愛吃肉的老虎想到紅通通的火腿蛋糕，
口水就忍不住流了出來。

猴子說：「單吃肉太不健康啦！用香蕉做內餡不僅美味，營養也一級棒，簡直是上天賜予的寶物！」

注重營養的猴子最愛香蕉了，
他覺得香蕉蛋糕是讓狗狗健康的唯一選擇。

兔子說：「香蕉蛋糕太普通了，生日就是要熱鬧有趣才行！
把不同顏色的蔬菜堆起來，像煙火一樣的蛋糕，喜氣滿點呢！」

兔子抱著各色各樣的蔬菜，
幻想著和狗狗一起看蔬菜煙火蛋糕會有多快樂。

小鳥說：「煙火太複雜啦！不如用像藍寶石一樣的藍莓點綴，讓狗狗的蛋糕像寶石一般閃閃發亮！」

小鳥前幾天發現了一片藍莓園，
迫不及待的想和狗狗分享這些閃耀的果實。

野豬說：「別說了！我之前有跟狗狗一起去挖芋頭，
我們都好～喜歡香噴噴的芋頭，那個香味才最吸引狗狗！」

野豬想到之前和狗狗一起去挖芋頭的快樂時光，
美好的回憶讓牠嘴角滿是笑容。

動物們七嘴八舌，
為了讓狗狗嚐到自己最愛的蛋糕口味，
誰也不肯讓步。
這時老虎說：「不然我們來比賽！
讓狗狗來當評審，看哪個才是牠最想要的蛋糕！」
聽見老虎的提議，大家馬上就同意了，
牠們誰都不想輸了這場比賽。

於是牠們為了製作自己覺得最棒的蛋糕，
各自在廚房裡埋頭苦幹，誰都不理誰，
大家都想要成為狗狗心目中的第一名。

過了一下午，動物們分別做好了牠們心目中最好的蛋糕，
迫不及待的前往狗狗的家。

22

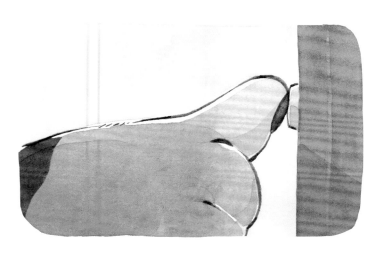

叮咚叮咚叮咚——
狗狗打開門，往外一看。

你最愛吃

哪一個？

老虎大喊：「狗狗快來吃看看，告訴大家哪個才是最合你口味的蛋糕？」
動物們都圍著狗狗等著牠的回應，
狗狗嚇壞了，看來生日派對要變成蛋糕評審大會了。

26

於是，狗狗開始一個個品嚐——

老虎的火腿蛋糕，
甜中帶鹹，好吃！

猴子的香蕉蛋糕，
好吃又健康！

兔子的蔬菜蛋糕，
既新鮮又華麗！

小鳥的藍莓蛋糕，
酸酸甜甜，好閃耀！

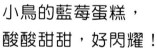

野豬的芋頭蛋糕，
入口即化，好香！

狗狗說：「怎麼辦！我都好喜歡！沒辦法決定呀！」

叮咚——
就在這個時候，門鈴響了，
到底是誰呢？

打開門，原來是慢吞吞的烏龜呀！
大家剛才都只顧著自己的蛋糕，沒有注意到烏龜沒跟上來。

烏龜笑咪咪的提出了一個好主意：
「綜～合～全～部～口～味～的～蛋～糕～
更～棒～不～是～嗎～」

對啊！怎麼沒想到要綜合全部的口味呢？
這樣狗狗哪種口味都可以嚐到，而且通通有獎呢！

狗狗說：「那我們把大家的蛋糕堆起來，變成綜合口味的大蛋糕吧！
不過，這個大蛋糕我們肯定吃不完，乾脆把全村的居民都找來吧！」

於是，小鳥和野豬負責去把全村的居民都找來，
其他動物則是由大到小，將蛋糕一個一個往上堆。
很快，蛋糕就已經堆得快跟狗狗家一樣高了！
大家一同大喊：「還有！再往上！」

小鳥和野豬帶領著長長的隊伍出現時，
蛋糕已經堆好了！

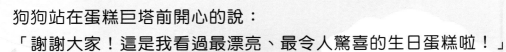

狗狗站在蛋糕巨塔前開心的說：
「謝謝大家！這是我看過最漂亮、最令人驚喜的生日蛋糕啦！」
動物們異口同聲的說：「狗狗，生日快樂！」

狗狗切完蛋糕，蛋糕很快就被大家吃完了。

41

最棒的生日蛋糕

2020年07月01日初版第一刷發行

著　　　者　飆飆先生
編　　　輯　鄧琪潔
美 術 設 計　陳美燕
發 行 人　南部裕
發 行 所　台灣東販股份有限公司
　　　　　　〈地址〉台北市南京東路4段130號2F-1
　　　　　　〈電話〉(02) 2577-8878
　　　　　　〈傳真〉(02) 2577-8896
　　　　　　〈網址〉http://www.tohan.com.tw
郵 撥 帳 號　1405049-4
法 律 顧 問　蕭雄淋律師
總 經 銷　聯合發行股份有限公司
　　　　　　〈電話〉(02)2917-8022

TOHAN